黄金少年

GOLDENBOY

和合亮一

思潮社

黄金少年
GOLDENBOY

目次

黄金少年　ゴールデン・ボーイ

黄河が来た

来た　黄河が来た
天井や床下や手のひらに来た
驚くほどの水が流れて来た　生命が
大空と大海とを　またぎ越して来た
こうなると茶の間に
僕は寝ころぶしかない
このままでは当然ながら我が家は洪水
どうしたら良いものか

黄色い土と砂を噛むしかない

今日の夕食はチキンカレー　この時も
河が流れていることを忘れない
きみにも僕にも無限や
有限や　愛や　怒りや
三角州があり　水面は
黄色い永遠を運んで来る

僕らの子どもは
黄色い運命
可愛らしいこの頬
妻の心臓を流れる大河に
かつて僕は祈った
生まれてこい　強く

優しく　派手に

本日の黄河も絶好調だ
三人家族で漂流する幸福が来た
皮膚が変わる午後が来た
また生まれる角質が来た
お父さん　来た
お母さん　来た
来た
ぼくの足の裏にも
黄色が来た

荒城

肉体の丘に城が建っている
それは堅牢で少しも眠らない
月光を浴びて威圧的になったり
朝日を受けてすがすがしくなったり

幾羽もの鳥が季節を連れて飛来したり
大砲が撃ち込まれ
時代の終わりを告げられたり

しかし城内は何も変わらない

見上げると名城は
世界の全てに君臨するかのように
天守閣を高くして　笑い出すようにして不動のまま
時間の侵略の火にゆるがない

たった一人の主君であり下僕である私は
暗い回廊で　刀を抜き取り
憑かれたように振りかざしている
やがて城を追われる日は必ず来る

ああ恐ろしい空気を斬るのだ
八つ裂きにせよ　私たちは天涯孤独なのだ
あなたよ　あなたの城を守るが良い

あなたであることに
叫び出すが良い

横断歩道

きみは横断歩道について本当にどう思っているだろうか
どこまで本当に知っているだろうか
私たちは本当に横断歩道を渡っているのだろうか
きみは本当に渡っているのだろうか

足の裏が歩いているのはどこなのだろうか
私たちは何に捕らわれているのだろうか
どんなことを考えあぐねているのだろうか

本当は生まれてくるはずじゃなかったとか
十分に生き抜いているとか
本当の孤独を知らないとか
あなたはこの世界を信じていますか
あなたはあなたの奴隷である

どうして渡らないのですか
どうして渡ったのですか
私たちは横断歩道を全く信じすぎる
私たちは横断歩道を全く信じていない

原始人

買ったばかりの腕時計に
旅客機が横切った青空に
白球が消えた野原に
凧糸が絡まったままの電線に
魚が居なくなった水無川の底に
生命線がとても長くなってしまった手のひらに
上手く言い出せない真心の中に

昔へと何かを運ぼう
とするかのような
未来の曾祖父の足跡
未来へと何かを連れていこう
とするかのような
歴史の孫の足跡

僕の足もまた
僕という洞窟を歩いている
上手くたどりつけないんだ

声が太く変わってしまった瞬間に
カナリアが逃げてしまった夜の終わりに
僕が箸を初めて使い始めた茶の間に

ほら
原始の太陽を見つめ
氷河期の海で顔を洗い
ガバリ！
やり直そうか

僕という洞窟のどこかで
色濃く塗られている絵

それを見つめる

原始人の眼は
破滅的に輝き
人間という洞穴を
けざやかに照らす

完璧な裸足で
想像できないほど遠い
明るい光に向かって
息を切って
走っている人がいる
ああ　僕の父さん！

ゴールデンファミリー

金色になり過ぎてマスオは死んだ
タラちゃんは泣き真似したままブランコに乗り放題だ
ワカメちゃんは買い物に出かけたまま

スポーツカーはどこかの谷間で捻挫した
入道雲に湿布を施した
太陽は落第したまま卒業だ

こんな日の過ごし方は
どうすれば良いものか検討もつかぬ
ただ少し
頬杖ついて往来を見ると
いつもの風景が双子を一人ぼっちにしています
転がり遊ぶ
鞠そのものだけが新しければ良いのです

金塊かカツオかが
深爪か反逆
鎖国は　日本に乗っ取られてしまったから
ヤママユガは消えた　また朝だ
難しい複雑な午後
金塊かカツオかが
謹慎

反省文は
どんどんと鉄になる

頭脳から立ち去らない茶の間がある
鳥は飛ばない　鹿の角は輝かない
樹々の細かな枝は少しも揺れない
沈静したままで金色になっているだけ
なのです

あまりの空気の清々しさに敗北してしまう
この茶の間に金属の
家族が棲んでいるので私たちは名前を忘れている
この家庭から与えられたのに
私たちは愛を

ゴールデンに輝く
フネに甘えようとすると途端に
茶の間が私たちを追いかけてくる
あろうことか私は　ただなかへと逃亡する
茶の間の奥も茶の間

金色の結末
震えるしかない
あなたの頭で輝き続ける黄金の産道
だけが確かだ
ああ　そうだった
私たちはまだ産まれていない

長髪の
波平

が
誕生している
産まれたばかりだ
もはや若い
新聞はまだ読めない
社説を三十年も切り貼りしている
おいお茶
お台所で
煮えている
重油か軽油か

ゴールド・ゴールド・ゴールド

全てを拒否する　何を？　真夏を
ゎ　私はかなりの高熱なのであります
それなのにどうして　みんな笑っているので
ありますか　なんだつてそんなに薄気味悪く笑つてゐる
私　もうじき駄目になる　だのに　三十六
度の爽やかな本日に　舗装道路の脇に
建っている　非情なる医院へ

ほほほほほ舗装道路を歩いていく
の？　それはとても遠くて近いのです！

こんな真昼は誰でも心の中で灼熱の舗装道路を歩くというものです
車輪の外れた自転車がずいぶんと倒れている　不良どもがバットで殴り合っている
石の街から逃げてきた　ああああああああああ足の裏が消えてしまった？
ざりがにが　後ずさり　こここここんな真昼は誰でも心の中で
螺子の足りないクレーンを動かしているというものです
バックミラーの壊れた自転車を吊して惨劇の真似をする
ただ　それだけのことなのですが　私は熱がすこぶる高い
ので　気温は三十七度になってきた　担任に三月からずっと脅迫されている
小学生が魚を分解している　豪雨かと思って泣きたくなると　三十八度の光
ああ助けて下さい　どうするお積りなのでしょうか
五十年後の福島市は砂漠となり　金色の雨が降っているということです
私は髪を金髪にするしかありゃしません診察　ほほほほほほほほほほほ

ほほほほほ舗装道路を歩いている
の？　それはとても遠くて近いのです！

そうなのです　そして　私は追い返されたのであります　私は高熱だというのに
薄気味悪く笑う待合室の庶民たちに　誰でも耳の奥で五十年前の伝馬船の軋みを
聞いていたから　おかしくなっている　八月八日の耳かき棒が耳の中で
折れた　誰だ折れたの私は非道いのであります　指差したら殺すぞ

「平熱」「健康」「不感症」など　さんざん罵られて私という重病人は蹴り倒されました
そそそそそれで歩いているの行くあてもなく　許されるのですか　こんなこと！

舗装道路はどこまでも途中　三十九度になりました
私は体温計を挟んで神を仰ぎ見て泣いています　絶望と指を絡めて
青空に飛び込む青空はどうしようもない

神よ　私はどうやって生き急ぐべきなのでしょう

誰でも心臓の中に金色の山脈があり　風は吹かない槍も降らないが　一滴の雷雨が落ちた　いつまでもそびえて頑としているから動悸が速いのです　体温計をくわえた鷲が鷹になり　ライチョウが燃えている　**巻き爪にさいなまれ目を回している人の自転車が私の心臓を　追い抜かしていった　畜生！**

神よ　私はどうやって生き急ぐべきなのでしょう

誰でも脾臓の中に滅んだ帝国を隠し持っていて　来るべき未来に向けて飛行船の設計を狂わすことに余念がない　帝王が何億もいて他には誰もいない　みんな体温計を挟んだまま血だらけの電気椅子に座って微熱　**脱獄者の嫁の自転車が私の脾臓を追い抜いていった　畜生！**

私は抜かされないぞ　生き急げ　生き急げ

誰でも奥歯の中に銀色の歩道橋がありそこで　たくさんの体温計を挟んだ

子どもたちが泣いている　たくさんの体温計を挟んで泣いている
行き交う車にはバックミラーが無い　バックミラーが無い

ついに三十九度でございます　私は昨晩　鷹の風切り羽根を枕の下に
敷いたのにちっとも最高に下がらない　ああ三十九度だ　非情な医院へと　踵を返す
私の手の中に手榴弾　温暖化を自爆しに「実は檸檬です」がりりと噛みます
誰もが頭の中に金色に輝く小児病棟を建てている　窓は全開でそのどこかで手を振る子熊
誰もが口の中でアルミニウム合金よりも硬いヴァニラアイスを味わっている
　誰もが手の中で阿寒湖から盗んできたまりもに困っている
誰もが全てを拒否されて高熱のまま体温計を挟んでいる
　あの医院のあの先生にお世辞を言いながら
診てもらわなくては　ただいま三十九度
　・・・・・・・・・・・・・・・・・・・・先ほどは断られましたが・・・・・・・・
・・・・・・・・やっぱり熱が・・・あります・・・・・・・・・・・・・・・・・・

・・・・・・・・・・・・・・・・・・・・・・・・・せ　先生に　また・・・・・・
診てもらいたいのです・・・・・・・・・・・・・・・・・・・・・・・・・・・・・
待合室で・・・震えている・・・・・・私を見て・・・・・・
看護師さんたちは

優美に微笑みながら
舌打ちをしています

けけけけけけ蹴り倒される　とりあえず
ここ恐い顔していやがるあ逃げろん
ダッシュせよん真夏の路地を地獄の季節にん
痛んでいる私の命をめがけえて
黒くて黄色い紫色の金の棒を振り回してててててて
舗装道路を追い掛けてくるるる
医院の人々！

黒く健康な町の人々！
もももももももももも、もうすぐ四十度なのですよ！
如何に高熱の患者であるのか　私って！

真夏の惨めな群像
舗装道路
気温三十九度
まだ追い掛けてくるの？
とても遠くて近い
破滅への道
もう限界だ
私こそが
三十九度
畜生
私は捕まらないぞ

生き急げ
生き急げ

とてつもない秋

とてつもない秋だ！
！！！！！！！！！！！！！！！！！！！だから俺もまた風を捕まえようか！
！！！！稲妻よ！わずかに遅れる雷鳴よ！
！！！！！！！！！！！！！！！！！！！！！その間に高鳴る！
！！！！！！！！！！！！！！！！！！！！！黄緑色のオルガンの「ソ」！
！そしてその蓋に貼りつく紅葉よとてつもない！
！！！！！！！！！！！！！
焼けこげた葉を裏返すと無意味

森の外れにあるのは少年の眼鏡！
とてつもない秋の太陽よ！
！！！！！！！！！！！！！！！！！！！！！！！！俺の先祖の誰かが！あなた
に会いにいったらしい！俺の奥歯に
！！！！！！！！！！！！！！！！！！！！その証拠がある！俺の歯はまだ乳歯
なのだ！

とてつもないカリフォルニア！　セコイヤスギ！　拒絶の巨木は出目金
魚の見る夢で
！！！！！！！！！！！！！！！！！！！！金平糖を噛み噛み背泳
するしかない秋
苦悶する左脳と帆船とを染める
！！！！！！！！！！！！！！！キラウェア火山の舌の根の血
しぶき　だから

！！！！！！！！！！！！！！！！！！！！火星は無言だ
！！！！！！！！！！！！！！！！！！！！！！！！！！！！！！！！驟雨の
第三文型が過ぎたばかりだ
！！！！！！！！！！！！！ああ　栗と　梨と　林檎とが剥かれた後に！少し
ずつ
！時をかまわずにやって来る現在はとてつもない！百年後
の！！！！！！！！！！！！！！！！！！！！！！！！！！百合に塗りたぐら
れるマーマレード
よ！！！！！！！！黒い蜂蜜から倒れてくるアジアのサトウキビは塩辛いとて
つもない許したまえ！
！！！！！！！！！！！！！！！！！！！！！！！！！！！！！皮が光り光る
！！！！！！！！！！！！！！意味の立ちあがらない日曜日の柿を許しなさい
吊り橋が空を軋ませながら！！！！！！！！！！！！！！！！！！！！！！！
！！！！！！！！！！！！！！！！！！！！！！！！おびただしいアルチュウ

ルランボォの髪を渡らせているから
！！！！！目の奥の砂漠を滅ぼそうとしている涙よ！とてつもない！モンゴ
ルの電信柱が詩人になる時
！！！！！！！！！！！！！！！！誰もいないアフリカの秋を大皿に載せると
！！！！！！！！！！！！！！！！！！！！！！！！！！！！！！永遠が海に
飛び込む
！！！！！とてつもない浜辺で！藤豆を失くした
！！！！！！！！！！！！！！！！！！！！！！！！！それでも見つからない
！！！！！！！！！！！！！！！！！！！！！！！！！！！！！！！！！！無
疵の心！　さあ黒い紅葉が散る！　海岸沿いの
！！！！！！！！！！！！！！！！！！！！！！ベネズエラの静かな雲の下の
家で！！！！！！！！！！！！！！！！！！！！！！！！！！！！！窓を開け
て気の狂った情熱が叫びながら！珈琲を沸かしている
とてつもないとてつもない秋だ！

ねじれる紅葉はねじれる
！！！！！！！！！！！！！風船が風の中に消えたとたんに永遠がやって来た
！
！！！！！！！！！！！！！稲妻よ！わずかに遅れる歯の痛みよ！

！　金色のジャケットを脱いで歩いてきて
！　目の奥の砂漠を滅ぼそうとしている
！　秋の太陽よ　俺の先祖の誰かが　あなたに
！　会いにいったらしい　俺の奥歯に
！　その証拠がある　俺の歯はまだ乳歯なのだ

降ってくるたくさんの！　たくさんの帽子の影
！！！！！！！！！！！！！！！！！！！！！！！！！！！フランス！シャルルヴィルの子
どもたち
！！！！！画用紙に水がこぼれているから

！！！！！！！！！！！！！！！！！！！上手く洪水の絵を描くことが出来たのだ！
！！！！！！！！！！！！そんなふうに秋ははるか　世界を号泣させている

！！！！！！自転車が錆びている！倒れたまま
！！！！！！誰も起こそうとはしない
！！！！！！やがての秋陽は前人未踏

！！！！！！三軒隣の家の物干し竿の先に
！！！！！！とてつもない悲鳴が止まっていて美しい

ブラック・スウェット

青くない
微塵も青くないドラえもん
日焼けした黒い肌の子どもたちは消滅した
ジャイアンが何億人もサッカーしていた
狭すぎる空き地にはきのこが生えていた
のび太は悲痛で卑猥な
ハンミョウの遺伝子になりたい
どこまでも広がる日本時間の失敗

助けてドラえもん
馬鹿野郎助かるものなんてこれっぽっちもない
塗る黒いクレヨン

夜には黒い庭で黒い
人人が
黒い洗濯物になっているから**黒い**
黒い汗は**黒い**
黒い子どもたち　闇投げる　ぶんぶんブン投げると**黒い**
黒い地球ではその日に波打ち際が消える**黒い**
黒い横浜で結婚式は中止される**黒い**
黒い学校は休みを一日だけ延長する**黒い**
黒を朝まで見つめ続けているただ**黒い**
黒く射精すると**黒い**
黒い雪の降る日に髪を切り過ぎると**黒い**

黒い黒豚が黒豚を食べるから**黒い黒い**
黒い鳥は右を向いたまま地下へ飛ぶから**黒い**
のび太の影が痛い痛いと午前三時の陸橋で泣いているから**黒い**
黄金の哲学を跨ぎ越している未明のしずかちゃんは**黒い**

黒い夜明け
黒い鶏鳴
黒い日本ではその日
黒いスネ夫が
黒い血を吐く
黒いルクセンブルクの食卓では
喪服を着た別のスネ夫が
スウプの最初と最後の一さじに夢中
黒いデキスギ君はモンゴルでテント張り失敗
馬の化石を拾い

積み上げると罪は真黒い
黒いチョークが届けられた
チューリッヒの朝の教室では机が足りない
世界史の問題集が黒く塗られていた
マウイ島で邪馬台国で食パンに泥を塗るようなことはするな
言い残して
のび太の先生は盲腸
だから学校は封鎖されたのだ
ニューヨークで黒い梯子を運ぶ
金色の子どもはのび太ではありません

☆

「時代は感受性に運命をもたらす。」

空き地に集合する皆無の魂

空き地で黒い汗をかいている
黒いのび太は黒い
空き地で黒い汗をかいている
黒い無人とみんなは黒い
空き地で黒い汗をかきながら
縄跳びをする黒い無人とドラえもんは黒い
土管が破滅している空き地で
宇宙の鼻の穴から出たり入ったりを
繰り返している子犬を
黒く塗ってみると溺死

黒い山も黒い川も黒い無人
も黒い草も戦っているから

地球が転がる　心が転ぶ

黒いサッカーボールが転がってくる　その球　蹴り上げると
黒い喧噪
手を上げる
ゴールキーパーは無人
のび太は頭の中の黒い汗の粒が恐い
無人はのび太を胴上げしてそのまま真黒い
黒い野原の意志となり
黒い太陽が輝く
決勝点は真っ黒な地球
大歓声
宇宙は闇

黒い足をあずけて

暗黒で寝ころぶ黒い大観衆とドラえもん
指のない手の平に黒い虹
また
決勝点
大歓喜
あらゆる限りの無人が
両手をあげて西へ走り顔が黒で消されている

耳のない黒いドラミは陽気に歌いながら孤独に行進

★

門限は二十六時
朝からずっと真っ黒だった
楽しかった

スネ夫の孫が足早に
横断歩道を渡り切り
それをはるかに見渡し
絶景の、のび太の部屋は二階
声の違う無人が
新しいのび太とドラえもんになって
何億も集まる黒い夕暮れの未明の正午
のび太は
最後の宿題をやり終え
全問正解
晩ご飯
黒焦げ
黒洞々たる夜から
石炭のセワシが覗く
ここまで読んであなたは

新しい黒を求めて

金色の本棚に
さらに手を伸ばす

漫画をクレヨンで
黒く塗り
塗りつぶす
黒から黒へ
黒が汗をかくまで
黒い不安が
黒くなる
つまらないから
黒いクレヨンで
黒い虹を
描く

プラネタリウムの最後

お　溺れる夜空が耽溺する星空の下で
暮らす街の家々は　明かりが点けられないまま　誰もいません　ぼ　僕はやっぱり息継ぎが出来ないのです

深夜のプラネタリウムでは鷹が宙返りするので僕は息継ぎが出来ないのです

僕は夜の空に黒をばらま

くようにして　頭の中を見つめています　美しい剥奪
星の空は嘘だらけである　黒々とした非難　ぼ　僕は
息継ぎが出来ないのです
　　　　　　　　時間は腕時計を爆発させたまま
激しい向こう側を覗いています　石垣島が石垣島にな
っています　僕は息継ぎが出来ないのです　さらに夜空
の夜は終わらないのであります

深夜のプラネタリウムでは鷹が宙返り
するので僕は息継ぎが出来ないのです

鷹が宙返りする　　危険が危ない　断崖が　　飛び
込んでくる　白地図が　何億枚も燃やされると　滅ぶの
はあの星の僕の頭髪なのかもしれない

鷹よ鷹　宙返りしたまま深夜のプラネタリウムのどこか
　　直立しているのは縄文式土器
　　　炎と一緒に死ねるのか古代

　　　　隣家のプードルは
突如の崖を
　　飛び越え　浴室で絵の具を噛み殺すのです
ところで世界中の台所の
　　　ストロベリイケエキは
　　僕以上に僕である　危険が
　危ない　花柄の花の奥で摩周湖が溺死する
鷹よ鷹
　　　鷹は鷹
　　よりも鷹であるのか

星は星
よりも星であるのか
たったいま　危険が危ない

深夜のプラネタリウムでは鷹が宙返り
するので僕は息継ぎが出来ないのです

燃えたまま宇宙を
飛び跳ねている
緑色の地球が　シュートされて決勝点となったので
敗北したまま
鷹よ鷹　ぼ　僕はやっぱり息継ぎが出来ないのです

鷹は星に無意味を輝かせたまま　鷹よ鷹
僕は空に　幾つもの崖があることを知った

鷹が豪雨になって
すぐに止んだ　深夜のプラネタリウムでは鷹が四回転するので
危険が危ない

世界は目盛りを失ったまま

牡蠣より深く物思いに沈んでいる
深夜のプラネタリウム
誰もいない阿寒湖が　波立つ　ああ
安全が危なくない
鷹よワシ　ウグイスよスズメ　僕の心で巨大な山脈がトゲとなり
雲は真っ黒に　血を流す

電信柱が歩いています　街が踊ります　複雑な交差点がプラネタリウムに歩いてきました　いつまでも信号の色は赤のまま

夜は
息継ぎが出来ないのです　燃え続けている柱時計
を鷲掴みにしたまま　大海を越えていく紛れのない鷹の足がある　地中海の無人の舟で
僕の手のひらが革命を起こす

燃えながら歩いてくる電信柱
季節の傷口に甘い蜜を塗れ
午前二時のプラネタリウム
の不明なる番人の目頭に
黄緑色の絵の具を塗れ
鷹よ　危険は鳥目
鷹よ鷹
また新しい崖が空に転がってきた
狩るべきものは　夜空の出鱈目

鷹よ鷹
宙返りすると
星は消える
途端に

プラネタリウムがもっと夜になる
鷹よ鷹
宙返りすると
おまえは生まれる
刹那に海から鯨が跳ねる
危険が危ない

鷹よ鷹　宙返りすると
空は消失

何も無い　何も無い
電気も無い

深夜のプラネタリウムでは鷹が宙返り
するので僕は息継ぎが出来ないのです

皆無の星
絶無の空

夜の鷹がもっと夜になる
僕は真っ黒い無人である

深夜のプラネタリウムでは
無言が宙返りする

闇は
無意味

某月某日

ぼささささささささささささ皿ををををををををを
つっっっっっっっっっっっっっっっっっっっっ
っっっっっっっっっっっっっっっっっっっっく
ただ太平洋が氾濫を止めないのだ私の頭に半月と満月
とが浮かびののしり合うとささサヨリの群れが来るので
まだ来ないのか四月っっっっっっっっっっっっっっっっっ
そそそそそそそそそそそしそして燃える日野川がカ髪の間を流

れるル私の胸ん中に伊勢湾と忌まわしいコウナゴが飛び
込んで来るハ反語もさらにト飛び込んで来るユ許したま
ええホタルイカカカカカカカカカカカカカカカカカカカ
しししししししシ食卓に多摩川がやって来たたククジラ
とハラココがやって来るル食卓に北上川がやって来たら
マダコがやって来たア後は洪水だだ醤油のビンを倒すし
かないいいいいいいいいいいいいいいいいいいいいいい
さ　　杯にアンコウの影
　　　　　　　　　　　鉛筆にサンマの霊
　　　　　　　　　　　　　　　　　　　旅客機にニジ
マスの髪
　　　　狼の頭脳にハマチの舌たたたたたたたたたたた

記憶にメバルの記憶　が
いて　跳ねている
跳躍する電信柱
鮮血のような夕焼けが赤々と真実に沈
んでゆく
悠々とカスピ海が横切ったりする
マコガレイよ
ほら　落花生が口を開く時間に黄金のクレーンが
銀紙
を運び続けているから
黄河に誤訳されるのだ
いただきますキキキキキキキキキキキ
キキキキキキキキキキキキキキキキキキキキキキキキキ

キキキキキキキキキキキキキキキキキビナゴよ　ひょおと
燃える矢が飛び込んでくる　凍った虫が
　　　　　　　　　　　　　　　　飛び込んでくる
窓を閉めると　正常な蛾は窓を
　　　　　　　　　　　　持っていく　だからきみ
の精神はいまでも娼婦なのだ
　　　　　　　　　　　　　　　　　　タラバガニよ
　　　　　　　　　　　　　　　　　きみに口づけす
れば　世界中の錆びた蝶番が華麗に
　　　　　　　　　　　　　　外れて　おれたちの
神経を開けっ放しにする　おまえ
　　　　　　　　　　　　　と私の背中に反乱する
スエズ運河
　　　　虹と虻とが飛び込んでくる
　　　　　　　　　　　　　　　　　　　　　嗚呼

食欲の大河だ
生きるとは新しい肝臓だ
後悔に金魚がや
ってくる
成すべきこととは何か　イ胃袋が電柱に詰問す
る夕食
お椀の底で消えるトビウオをどうすれば良いのか
燃えあがる官製ハガキを読まずに内側の日本海を
枯らそ
うとしししししししししししししししししししししし
灼熱の国原から
足を磨り減らして紫色の食用犬が駆
け寄ると
や

ヤドカリが家出
横断歩道と陸橋を無数の軍手が
行進しているので
シャコと　マサバと　カタクチイワシ
と
コノシロをいただきます　　わわわ
私の静脈とは間違った四万十
川であった
心の中で樹氷と地球とが倒れ
燃えあがるスジ
コをどうすれば良いのか
押し黙ったまままままままま
地獄谷から
目をつむって歩いてくるハマグリ
世界の果てを考えあぐねている

いただきます
　　　　私は足首をぶつりと切る　私の首も
　　　　　　　　　　　　　　私の体
をきれいに箸で裂いて
　　　　　　私の背骨を取り出してみると
　　　　　　　　　　　　　　　アン
デス山脈が爆発するのが分かる
　　　　　　　　　小骨を拾うと仙石原のス
スキが大移動している
　　　　　　私の骨の間の身をせせると
　　　　　　　　　　　　　　南極の
氷山が崩れ出して塊が氷海へとなだれ込む
　　　　　　　　　　　　私の目玉の周
りの肉をつつき出すと

サボテンばかりの平原でペダル
のない自転車が横転中
目玉だけ取り出す
覗いてみると
整然と降る
アムステルダムの霧雨
私を捨てるしかない
た
くさんの私に眩暈するしかあるまい
ハタハタの卵
プレヤ
デス星団に稲妻
私は私を噛みしめる
さらに目を見詰める

出
来上がったばかりの星の浜辺に新しい波

マママママママママママママママママダイ
ママママママママママママママママママママアジ
フフフフフフフフフフフフフフフフフググググググググ
カツオ
ウウウウニ
シシシシシシャコ
サササササササササザエ
ワワワワワワワワワワワワカサギ
ニニニニニニニニニニニニニニニニシン
すすすすすすすすすすすすすすすすすすスズキ
ドドドドドドドドどどどどどドドドドドドドドドジョウ
カマス

アアアアユ
トトトトトトコブシ
ククククククククククジラ
ははははははははははははハモ
いいいいいいいいいいいいいい岩牡蠣
魚介類の私はここ
こここここここここここここここうして食べ尽くされる
さささささささささささ皿をををををををををををををを
つつつつつつつつつつつつつつつつつつつつつつつつく

らら駱駝もう止せ駱駝だだ

おやすみ　眠る前に
髪を梳かせば
駱駝が一頭歩いてくるので笑うしかない
　　　　　　　　　　わはははは運んでくるこぶがくすぐったい
眠る　眠らない　わはははははははははははははははは
電話の無い亜細亜ホテルの寝室では　駱駝が一頭　駱駝が二頭　はははははは
はは夜の道では黄金の子どもが
　　　　　　算数をしている　記憶を無くしている　はははははは

ははは　一人の海を飼いならして　話に夢中になっているうちに　頭の津波は高まる
にに
二頭のアジアゾウも立ち止まり　宇宙を空洞にするかのように　短く　鼻を振り回す
わたしの名前を八つ裂きにしてる鷹の爪
夜の稲妻を浴びて落花生は死んでる　はは
眠れ　眠らない　はははははははははははははははははははははははははははははは
たったいま　何億ものこぶは眠らない　はははははははははははははははははははは
砂漠と事実とが枕元に逃げてきたのだ　ふとしたすきに跡形もない　ははははははは
はは世界は広すぎる寝室　はははははははははははははははははははははははははは
ははは駱駝の隊列があるべき姿を失う
というより駱駝そのものを　ははははははは
雲を裏切る青空ばかりが打ち上げられる青海湖の波打ち際では魚の後ろを魚類が泳ぐ

髪を梳かした恋人よ　あなたの名前は名前の上で消えてる　左手に左手が落ちてる
し心臓で帆船は風を受けない　花を乗せない　丈高い雑草だけが積まれている　はは
ははは頭の底の虎の背中で青竹の影が揺れてるぞ

　　　　　　　　　　　　　　　　　　　駱駝が二頭歩いてくるので笑うしかない
眠れない　　ははははははは　　　　　　　　　　　　何億ものこぶは眠らない
はは　　　はは電話の無い寝室では駱駝が一頭　ヒツジが二匹　ははははははははは
ははははははははははははははははは燃えあがる駱駝の脾臓と深夜の石垣島　！
ははははははははははははははははは　　　　わあ　　わははははははははははは
寝室の床で銀のサジはもう拾えない　はははははははははははははははははは
ははははははは真夜中の滑り台へ向かって腕時計をぶん投げてしまったひひひひひ
ふふふふふふふ姿の見えない寂しさがあははははははははははははははははははは
はははははははひとりぼっち下を向いて泣いている亜細亜あははははははははははは
へへへへへへへ金色の子どものわたしだおよそ六歳あははははははははははははは

さささささささあ宿題　いろんな世界の不足を合計してみようよははははははははは
ははははははは一つの目玉しかない鹿があはははははははははははははははははははは
ははははははは三十本の角を振り回して威圧しているあはははははははははははははは
ははははははは世界中の人たちが眠りに落ちればいいのにあはははははははははははは
なななななななななななな何億ものこぶは眠らないいいいいいいいいいいいいいいい
ははははははは何億もの犬が一斉に土の中から追いかけてくるなああははははははは
はははははははは黄金の子どもよ　もう銀紙の計算用紙は丸めて捨ててしまえあはは

はははははははは火星の墓地に風が吹いているからあはははははははははははははは
はははははははは紫色の絵の具を独占したいのならブドウのツルの先で踊れあははは
はははははははは亜鉛の山脈で遭難するしかないあはははははははははははははははは
ははははははははは水晶の山頂で花びらの足りないチューリップを咲かせるしかない
駱駝が三頭歩いてくるので笑うしかない　何億ものこぶは眠らない何億ものこぶは眠

わわわわわわわわわわわたしのこここここここここここここここここ　こ、、、、、、、、、、、、、、、、、、、、、、、、
こぶがくすぐったい、、、、、、、、

亜細亜

くく暗闇のなかか
まままままままままままままま窓がないいいいいいいいいいいいいいいいいいいいいいいいいいいいいいいいいいいい
てててててててててててて天井がないいい
さ砂漠と事実が逃げてきたふふふとしたすきに跡形もないいせ世界は広すぎる寝室つ
こここ、、
こここぶは眠らないいい

ははははははははははははははははははははははははははは世界中の橋に橋を渡すと倒れるのは陸橋！

手手手手手手手手手手手手手手手手手手手手からこぼれる手形の手手手手手手手手手手手手手手手手手手手

手手手手手手手手手手手手手からこぼれる手形の手はこぼすなななななななななな
手手手手手手手手手手手手手から左手が落ちてゆくくくくくくくくくくくくくくくく
ああああああああああああああああああああああああ頭の奥で頭が頭になろうとする
ゆゆゆゆゆゆゆゆゆゆゆゆゆゆゆゆゆゆゆゆゆゆゆゆゆゆゆゆゆゆゆ指のすき間から
こここぼれる亜細亜のすすすすすすすす砂なななななななななベッドは砂の海みみみ
おおおおおおおおおおおお溺れるから眠ってはいけないいいいいいいいいいい亜細亜
ららららららららららら　駱駝が五十億一頭　駱駝が二頭　ううううううううううう
かかかかかかかかかかかかかせいのどこかが髪を伸ばしてるるるるるるるるるるるる

くくくくくくくくくくくくくうきが髪を伸ばしてるるるるるるるるるるるるるるる
りりりりりりりりりかいできるりかいできない西北西風がががががががががががが
かかかかかかかかかかかかかか髪を伸ばしてるるるるるるるるるるるるるるるるる
なななななななななんきょくがほっきょくにほっきょくがなんきょくになるるるるる
ゆゆゆゆゆゆゆゆゆゆゆゆゆっくりとおおきくなる宇宙がががががががががががが
はははははははははは八十七頭目のこぶにすわって髪を伸ばしてるるるるるるるる
こここここここここぶが目を開くから月の砂漠は不安で眠れないいいいいいんだよ

ほほほほほほほほほほほほほほほほらあれれれれれれれれれれれれれれれれ喪失する
ららららら駱駝の隊列があるべき姿を失うというより駱駝そのものををををそして
なななななななななななななな何億ものこぶは眠らないいいいいいいいいいいい砂の丘
だだだだだだだだた誰か　わたしのこぶをどうにかして欲しいいいいいいいいいいい
くくくくくくくくくくくくくくくくすぐったいいいいいいいいいいいいいいいいいい
かかかかかかかかかかかかかかかか髪を梳かすなななななななななななななななななな
か掻きむしれさ散々に切り刻めあ頭を叩けなな泣きわめけけさ逆立てろ七三分けしろ
ららららららららららららららららららららららららららららら駱駝が一頭歩いてくる

洗って下さい　洗って下さい

マアマレエドを詰問して　ジャムを
どこまでも裏切り　トマトの皮を
美しく剥いて　ニンジンのスライスに
失敗し　コオヒイにどうしようもない
傷をつけて　ヨオグルトを
破壊し　幸せだ　わたしは命だと
気がつく朝がある　口の中は血だらけだ

血で血を洗え　晴れわたる悪意の
青空ではためく赤い旗　銀河や人間のたどった
長い道のりが　わたしの体にもある
とわたしは気がつく　グレエプフルウツ
ジュウスを飲み　トオストに
懺悔して　幸せだ　わたしは命だと
気がつく朝がある　口の中は血だらけだ

血で血を洗う朝に　ますます新聞が
届く　何億光年も前の爆発も
昨日の深爪も　同時にわたしにさっき
起こった　超越的に痛かった　その瞬間
黄金の子どもの吹く　草笛の
鳴り止まない野原　紫外線を浴びて近付いてくるのは
決意の朝である　口の中は血だらけだ

血で血を洗う　生まれなかった
あるいはこれから生まれる
子どもたちが朝
　　　　わたしの枕元に　たくさん
集まって　金色に輝きながら　相撲を
取る　わたしは紫色の電信柱を思う　口の中は血だらけだ

血で血を洗う　立ち止まらない真っ黒な血　それが
わたしから隠れて　わたしの肉体を逃亡している
無言の夜空の無言の歴史
　　　　　　　　石油で
手を洗い終えると　氷河期でオオツノジカの影が倒され　燃やされた
だからわたしは　次に　胡麻油で手を洗ってみた　口の中は血だらけだ

血で血を洗う　朝の皿の前で　難しいハムエッグに
出会えば　命が味わっている　嗚呼　一個の朝だ　今日も
光の始まりと戦うしかない
　　　　　　　　　　　　　　親しい敵意が卵を裏返している
黄身の黒い意味を　探し続けている　好きです　ハムエッグ
特に失敗しちゃったの　口の中は血だらけだ

血で血を洗う朝に
波浪する太平洋　崩れていく
氷山も　千切れた雲も　いわしの大群も
わたしのフォウクの先から　始まっている
わたしは朝食を食べようとする
わたしは何億もの偶然から
一つのパンを選び
ありふれた一日を

大過なくやり過ごすために
食べ始める
罪を罪で消すしかない
象もヒマワリも絶滅するまで
食べ尽くしてやる
口の中は血だらけだ
ところで明日のわたしの血液ならば
わたしのベッドで
冷たくなってまだ眠っている
乱れた寝室で
未来の血は目を開けたまま
成長することはない

翌日の血は眠ることはない

翌々日の血は死ぬことがない
翌々日の次の日の
血は赤いままの殺意
翌々日の明後日の
血は目を見開いて
まばたきもしない
あなたの血とは何か
血はさっき電線で
震えたまま鳥のようになって
風に吹かれていたがもはや血ではない

黒い投網の極意

未明の気仙沼港で田村隆一と
石川啄木の霊魂と出会わない

三番目の
夜は嫉妬の神だ　やがて黒々とした水平線からしだいに
姿を現す陽の光だ　金色を譲り受けて砂浜に立つと足首
は汚れてしまい　壊れた船が突っ込んでくる　**そうして**
神は叫び終えて黒くなって消えていった

八番目の
夜は風の神だ　時間の影が　真黒い山の際から巨大な隕

石の亡霊を引き連れて　爆弾工場で働くいとこの肝臓からあふれてくる　角を燃やした鹿が何億も飛び込んでくる　**そうして神は泣き終えて　黒くなって消えていった**

九番目の

夜は大空の神だ　投網が夜空へと放り投げられ　暴力的に広げられたまま　雑多な金色の雀の捕獲の概念を捕獲する　何という大猟　**そうしてその瞬間に　私は霊柩車の中で私の遺骨を盗んだ**

十六番目の

夜は土の神だ　電柱がためらわずに歩いてくるが電線は地下に埋められたままだ　三角定規を盗んだまま行方不明になった義理の姉は　地図の上で新しい大陸を発見し

北の森でヒノキになったままだ　直立する矛盾を楽しむ
より他はあるまい　なかなか取り払えない　頭の砂利を
どうにかしてくれと　**そうして神は頭を振り　黒くなっ**
て消えていった

五百八番目の
噴水を出しっぱなしにする佳日　数千の魂が明るい休息
を求めている　これら群衆は恐る恐る手を洗う　ほら
出てくるわ　出てくるわ　泡　**そうして泡は叫んで　ほ**
らと呟き　黒くなって消えていった

二千　飛んで　十二番目の
夜はフォーク・ロックの神だ　ハモニカの鉄の穴がいっ
せいに並んでいるから宇宙は息を吐く　それが風の抜け
穴になってしまい　夜の口が口の形になって　宇宙が宇

宙の形になっている　そこから鋭い鳥が飛んできて雲が
月を隠すのだ
　　動かない黒々とした宇宙の影が息を吸い
そして呼ぶ　半音狂う　**そうして神になれなかった男は**
音痴になって黒くなって　旋律からも世界からも外れて
いった　が　ウミガメは飛行機雲に見惚れる　**そうして**
感激してカンガルーになって　夜半に嬉嬉として　真冬
のプウルサイドをとび跳ねない
　　　　　　　　多分　四千番目ぐらいの
夜は絶望の神だ　これから夜行バスが内側を真昼にしな
がらあまりにも暴走する直前　停車場に立って茫然とし
ていると　ふるさとの訛りを久しぶりに聞いたとあの男
そうして平家蟹と腹這いになって　東の海の小島で遊び
心が暗くなったからと　真黒い波打ち際で立ち尽くして

日の出を待つしかない　見つめるしかあるまい　あの真
横の線を　もう駄目だ　泣き濡れる浪の先

そうして最後はいつも

死の神だ　やがて黒々とした水平線から　しだいに姿を
現す陽の光によって　全ての闇夜は美しく　惨たらしく
死んでゆく　たったいま四千の死を無駄にするしかない

草毟りナンセンス

YEAH　草を毟る　草とはある時に鋼の意志
草とは胸の野の奴隷　草とは精神の処刑

ナンセンスを毟れ　石を蹴れここ小石を蹴れ　風の手応えのなさを毟れ
ダ脱脂綿を握りしめて毟れ　ド道路が紫色になるから毟れ
厳しく光る空を毟れ　八月に四月の残酷さを笑うしかないから毟れ
。。。。。。。。。。。。。。。。。。。。。。。。。。。。。。。。。、、、、、、、、
／☆…！・゛ヶ

くくくくくくくくくくくくくくくくくくく黒い野原の恋文を読み尽くせ　だだダ
だから白い鳥の編隊よ狂え　花の影を毟れ　根を毟れ　夜を毟れ　逆さまになって接近する反逆をい意味を罵倒して明るくなる股間と谷間とを毟れ　朝日だ　さあ　毟れ／☆…！
・゛ケ

毟れ「おお草はマルドロールの伸びきった爪」
「風にふかれた草は先端で耳鼻咽喉科医の未来をくすぐる」
「草は残虐な舟の先でただ漠然と現在と世界と裏切りと慚愧とを生やしている」
「草は静寂であり爆笑であり青空を認めず陰毛となる」

ＯＫ樹木が声を荒げているから草を毟れＯＫ隠匿する森の名を毟れＯＫカタカナや慣用句が溢れ出す縞模様の土手を毟れＯＫこちらを見て舌打ちしている春風をＯＫ理解することの出来ない野道をＯＫ草が捕獲する土の静寂を毟れＯＫ　草は繁茂する精神の瀑布ふふぼうぼうの草はぼうぼうの草ＯＫ草は影を生やせ※＋±∠＞∀◆◆◆◆◆◆◆◆◆◆◆◆◆◆◆◆◆◆◆☆○◎！！？仝○―～一〆〆〆〆〆〆ー】】→→≒ヱαヰ草は無意味を

好むく草は難しい草むらを選ぶくく草が午後を決定するく草とは季節の骨ねねねYEAH

草雀り（泣）

草とはそれぞれが理解出来ない謎◎草とはそれそのものが涙を流し続ける少年◎
草とは少女の宿命の雌蘂◎草とは毒の両手◎草とは遠い遠隔◎草とは遠ざかる植物
◎草とは近づく近接であり、接近する物物◎白地図の裏側で風に吹かれている草とは白髪
◎俺の記憶の海溝で罪深いブランコが紫色に染め上げられてそのまま

俺は髪を逆立てて

草の葉がすり潰された道路を

駆け抜けている⑧たたたたたたたたたたたた楽しんで

いるが追われている　YEAH　⑨口の中いっぱいの草◎◎？死者はみな俺に告げる／生
者はみな俺に告白する△×☆だから俺はさらに草を摘み、草むらで指先の指紋の渦を逆回
転させながら真夏のプラネタリウムの春雷は不吉でしかないことを知る

草雀り　草に追われて魂を黄金の狼に預ける　太陽の怒声は四百十二人の若者の血になる
草はなおもそよ風に吹かれて軽く揺すられて真実を雑に細くする草雀り（怒）

ク、苦、九、く草に追われて脾臓で転倒すれば肝臓の闇さ細胞の怒声は四百十二人の若者
の阿鼻叫喚である　草はなおも夜露を性的に世界から滑落させるかのように鎌の刃先から
ついと堕胎させＯＫ　草を追って魂を蹴ると跳躍がＪＵＭＰ
泥泥の田園に沈む木星との合
鍵が静かに赤錆びる金曜日
半島の全ての彫刻の首だけが絶対的に零度である
冷たいまま断
ち切られ四つ切りにされる冷たい精神とごま豆腐ふふふふふふふふふふふふふふふふふふ
草毟り　草を追えば俺も精神の詩人なのだ　ホイットマン
巨大なものを起立させながら切り倒された阿武隈川の森林んんんんんんんんんんんんんん
んんんんん
鳥は囀りながら告げるだろう俺たちの背負う泥の代価の値段をををををををを
をををををををを

散髪に行くと理容も美容も三面鏡が割れていて九人になったたた
たたたたたたたたたたたたたたたたたたたたたたたたたたたたたたたたたたたたたAH！
／☆…！・゛ヶ△×●★■■■■■草が草を毟る〔》〕】【？！ゞゞゞゞゞゞゞ☆〆】♥
だから地べたを匍え　草毟り
ああ草に打たれるピリオド

夏草がいくぶんか残酷な春雨に打たれながら
軽々しい晴れ間に背を反らせば見知らぬ人間
よ地べたを匍え
、、、、、、、、、、、、
草が青空に首を突き込んでねじり回すとほら
美しい雑草よ右向け上
青空の後頭部ではドルフィンの火の輪くぐり

☆

五月の草がなぎ倒されると七月の立橋が出来上がり
火星の裏側の草原を頭に生やして夜警

をし続ける義兄が爪を切る　毟れ

見？ず？知？ら？ず？の？太？平？洋？が？草？を？毟？り？な？が？ら？防？波？堤？を？罵？倒？し？続？け？て？い？る？の？が？我？慢？で？き？な？い？の？な？ら？ず？ぶ？濡？れ？ろ？

付ける　厚皮の光沢を毟れ　　　未明の檸檬は裏切りながら酸味と夜明けとを黄色い背中に貼り

天道虫が葉の先で　　　　　　羽を広げて空を睨みながら失われた点を

青空に探せば　草こそは存在を生やす　黒毛和牛の祖国は移動する　足裏は地図を踏みつ

けるるるるるるるるるるるるるるるるるるるるるるるるるるるるる

水溜まりは意味を裏切る　　　　　　　草こそは大西洋の波の飛沫　さ　非在の大暑の

タンポポの花を摘め

草とは星のひげだ　胎児の神経だ　銀河系の果ての電気の震えだ

おおおおおおおおおお
おおおおお
おおおおお
おおおお

俺の頭の右側で咲き乱れるパンジー　そこを獰猛な紫色の犬が尻尾を振り飛び越えていく
くくくく
鯨の内蔵の暗がりで紡ぎ出される虫の息
ふ
　　　　　　　　　　　　　　　　　　　あああああああああああああああああああああ
　　跡形のない六月の菜の花畑を迂回し消滅させまた出現させる九月の大鷲の亡霊いいい
いいいいいいいいい
　　　　　　　　　左脳で燃え尽きる葉桜の影に追われたので踏むあああああああああ
ああああああああああああああ（^o^）（^o^）ꉂꉂ：』『◎△□仝←▼★→→○々☆BZ
αααααα　あああああああああああ♡◇★ꉂεあああああああああああああああああ
あああああああああああ頭の後の何億もの三月の花咲くつぼみの緊張感をもうどうしよう
もない

**　　　　　　　　　　　　だから毟れ　毟るのだ　春の瞳孔を毟れ　夏の殺意を**
毟れ　大寒の空気を毟れ　初秋の誤訳と爆発とを毟れ　二月の悪魔の舌を毟れ　鉄を呑み
込んだ正午のニシキゴイを毟れ　昨日の天使のアルカイックスマイルを毟れ　五分前の地

べたを毟れ　十月二十日の草の先を毟れ　夏至の冬至カボチャの夢を毟れ　菜虫化蝶の瞬間を摘み出せ

薄暮に種子の雑念を毟れ　二時二十三分の風になびく風を毟れ

せ生命の総意を毟れ　啓蟄にダダダダと毟れ

冬のここではない暮春のあちらを毟れ

七夕の羽虫を毟れ　四月一日の地団駄を毟れ

小春日の眼玉に生える草を毟れ

晩夏には初春の雷鳴を毟れ

明日のせせせ

草の生えた草の生えた草を草毟りすると草に毟られて草という草に草という草が毟られるので草の生えた草の生えた草を草毟りすると草が草に毟られて草という草に草という草が毟られるので草の生えた草の生えた草を草毟りすると草に毟られて草という草に草という草が毟られるので草の生えた草の生えた草を草毟りすると草が草に毟られて草という草に草という草が毟られるので草の生えた草の生えた草を草毟りする

復讐の爪切り

　百年前に切られた爪も百年後に切られた爪も、それらを残らず手のひらに乗せようとしても、波間を漂う世界の駄洒落は捕まえようがないのだ。俺は爪を拾うことに専念していたのだ、ある朝の夜更け。

　砂の足跡はあらゆる惑乱を歩いた後であり、それは宇宙の引き潮のベールをはぎ取った後の束の間のほんのとまどいを俺に語ってくれてもいた。味の無い梅雨が痛烈に降ってくるから、それらに濡れながら、俺は爪をまだ拾い続けているのだ、飴色の砂浜で。ここはどこなのか。地理を追いかけるかのようにして、迷い犬の睾丸では足跡が消えていった。麗しい砂と泥の神よ、どこなのか、大洗。

それにしても抑えようのない反抗心というものは、宇宙の膨らみを止めようがない。何でも良い、ともかくの野心とは、俺の唾液を垂れ流すことにつきるのだ、腎臓の秋保の大滝。

この世界をひたすらに溺愛する、破壊する。難しい公式の裏側にある血の正解を、外すな。俺はますます泣きながら、次なる爪を拾い続ける。マニキュアの脅威を、もうどう仕様もない。

見ず知らずの思念が上滑りになって、爽やかなそよ風に変わる時に、夕暮れの真昼時が倒れた。俺はひたすら風の目で追っている、拾いながら、その先の切られた爪を追っている。

太平洋なぞ少しの信頼もしていない。ただ人類の誕生の以前に波がやはり押し寄せていたという事実を隠しようがないことに同情と同調をしているだけである。ああ恐ろしいマニキュアの津波だ。そして青空の小さな雀の欲望を告げる、遠雷。

俺は裏切りを知った、さらなる無垢を知った、さらなる帆掛け船を見過ごした。海底には黒く塗りつぶされたタクシーが何台も乗客を待っている。この砂浜の足跡だけの葬列の先に直立する棒切れと雑草とが俺だ、この俺なのだ。

ならば空気の無垢をもっと殴り倒すとしよう、木の棒の先にほんの少しの野蛮が芽生えたとしたのならば。俺の棺桶を設計して、ダンボールで組み立てて、燃やすこととしよう。また作ろうか、出来上がる、出来上がらない、誤読されるための定型詩論。

俺の眼が追っている、切られた爪。そして、落ちているその先とは何なのか、ともすればエーゲ海の無情を許そう。俺は切られた爪を拾うことを止めるわけにはいかない。なぜなのか。

これまで俺は爪を切ることを続けてきたからだ。これは理由にはならない。ところで夢の途切れ目で貼り直されるふすまがある。爪を切れ、爪を塗れ。ここは火星の北極なのか。ところで青信号の森の奥には黄色い信号の林がある。

この爪、ダレんだよう。ところで奇怪に折れ曲がったままで、切り捨てられている、あらゆるものの全てを拾い、塗る、ラメ。さあ拾え。ところで再来年の真冬までには、慈愛のつくしを再構築しなくてはいけない。

ここはどこなのか。どこの波打ち際なのか、爪を切る。地図と秒針とが追いかけてきて、俺の肌は地図記号と国道とでいっぱい。皮膚が追いかけてきて俺は、隣の星を跳び越えることは、出来ないのだ。日焼けが背中で叫ぶから、爪をのばしたまま俺はマニキュアの海まで来たのだ。目で追われるようにして切られた爪をさらに切る。目で追いかけるようにして切られた爪を拾えば、誰でも肉体が、世界が、台風が、波が追ってくるというわけだ。

それればかりではなく季節から脱獄した湾岸のツタやひまわりの葉脈が容赦なく、追ってくる。手のひらが、追ってくる。足の裏が、追ってくる。背中に、背の中が。

それ。それればかりではなく肉肉が追ってくる。失言が、大海原が、男の根が。滝と瀑布とが。体肉が追ってくる、舟の舳先が、無くなった街が。

追う、失敗したコカコーラが、俺俺を。急転する地球ゴマが黄色いヨットが。俺の体が俺にまとわりついてくるので、爪を切ると、深爪だ。切られた爪にほら塗れ、ラメ。

砂浜とはあらゆる切られた爪…的なものを堆積させている。砂金も砂花も砂塩も砂電信柱も砂アロエも砂飛行機もそして砂の爪と鷹の爪も。マニキュアの白波が寄せては返す。

砂の浜は万物の爪を埋めるのだろう。俺は太平洋の塗料に泣き続けながらそれでも拾う。そして今日に生まれるきみの名前を「龍男」にするだろう。

朝が間違って深夜に顔を出したから、叱責してなんとか、夜明けに戻した時のことだ。さて太平洋が金色に銀色に明るいからシャチに乗る少年よ、爪を切りたまえ。俺は俺の脳髄に爪跡を残したいだけなのだ。

俺はマニキュアの瓶にマニキュアを塗るだろう。何の意味も持たない、波音を思い返しながら。少しだけ世界の駄洒落を手に乗せることができたかもしれない。もはやどう仕様もない波打ち際のイマージュへ、ツメキリをぶん投げながら。そうして切られた爪を拾おうとする俺の頬に一筋の汗は流れる、流れない。

大問一　次の詩を読んで次の問いに答えなさい

その水平線は私たちから全ての絶望を奪うだろう
成る程　おまえはこう尋ねたいのですね
水平線は何処だと　ならば過激な瞬間をたたえながら　そこで華麗に死にたまえ
現在は見事に切断されているのだ　おまえは水平線を見たことがないのです
いや　私たちの誰も　そうしたことがない　なぜなら　存在しないのだ
そのようなものなど　ならばこそ　狂おしい一直線を思い浮かべながら
手のひらに　人　人　人と書いてみたまえ

それよりもはるかに水平なる意味は　手の中でねじれない現在となり　過ぎているじゃないか
ヒョウ柄の帆を張った　二艘の無人のヨットが　見え隠れするだけだ
現在を裏返せば　新品の檸檬が手の甲を黄金色にする　私は怒りをこめて中指を愛する
唾液の雨が降りしきる波打ち際　角のない一角獣の決闘が繰り返されたから
私たちは手のひらに　人　人　人とたとえば　書き続ける

水たまりにも人　あるいは新宿にも人　あるいは指宿の電車の運転室にも人
大阪の福島の虹の中にも人　感情線は曲がりすぎ　環状線は回りすぎだった
あらゆる日常を思惟の一条となって進む　楽しい衝撃の結末に横たわる
水平線を眺めて　軽々とした平行線を抱えて私たちは議論を重ねた　肺臓を行き来する
静かな点線や波線や二重線をどうすればいいのか　おまえとささやきあい
薔薇の花びらが一片　床に落ちた瞬間に　世界から世界を奪うことを許されたから
おまえの眼差しに　一線の空と海との間が転ぶ　そして手のひらに書く　人　人　人よ
あれがこちらを振り向いた安多多羅山の幻　あの光るのが　生命線

問一　傍線部①の水平線は何をたとえていますか。思うところを述べなくて良い。

問二　傍線部②「私たちから全ての絶望を奪う」について、どうして絶望は奪われるのでしょうか。

ア　生と死の境目において絶望もまた死ぬから、あるいは詩人が、筆の勢いで書いただけだから。

イ　生と死の境目において絶望もまた死なないから、または詩人が筆の勢いで書いただけだから。

ウ　生と生の境目において絶望もまた死なないから、または詩人が筆の勢いで書いただけだから。

エ　死と死の境目において絶望もまた死ぬから、あるいは詩人が、筆の勢いで書いただけだから。

問三　傍線部③「現在は見事に切断されている」とあるが、五十字以内で六十字を書きなさい。

問四　「人　人　人」と手のひらに書きなさい。それを睨みなさい、罵倒しなさい、愛しなさい。

問五　どうして本文に傍線部が無いのか、はっきり説明しなさい。

問六　傍線部④「それ」とは、何を指していますか。あてはまるものを選びなさい。

Ⅰ牡蠣グラタン　Ⅱ鯨の舌　Ⅲパイタンスープ　Ⅳ娼婦風パスタ　Ⅴトムヤンクン

問七　傍線部⑤「ねじれない現在」で思い浮かぶ事柄を、自分の体験をふまえて簡潔に五億字程度で述べなさい（句読点は一字と数える）。

問八　生きて今ここに在ることを感謝しなさい。

問九　次の詩句（1から9）を本文のどこに入れると良いですか。その直前の五文字を、全て書きなさい（完全　正答）。

1「私の心を切り分ける
鋭い水平線よ」

2「逃げるな
逃げれば
追いかけてくる生命線よ」

3「麒麟の上の生涯にも
傍線が追いかけてくる
折れ曲がるスプーンを
どのようにすればいいのか
あらゆる海が怒濤している」

4「水平線　これら青く燃ゆる禁止線」

5「未来の写真屋の暗室で燃やされる
何億枚の写真に映じられている
たった一本の水平線をなんとかせよ」

6「記憶の中の水平線はささくれだっている」

7「私の曾祖父が水平線に稲妻を走らせている」

8「私の孫は超能力者だが子午線を曲げている」

問　次の文を読むのを、止めなさい。

詩は「見えないものを見る」行為です。そして想像の楽しさを、夢を手渡すものでもあります。日常を題材にしながら、そこから「見えないもの」が見えてきた時に、想像は始まります。見えるものを通して、「見えないもの」をイメージする時に、色々な〈　　〉を私たちは持つことになります。〈　　〉を増やそうとするか、しないかはその人にゆだねられますが、詩を書くときにはたくさんあるほうが楽しいです。

たくさんの作品を拝見し、豊かな世界に触れさせていただくと、自分も詩を書いてみたくなります。

もし書こうと思ったのなら、まずは今という現実を見つめるまなざしが必要です。日ごろから詩を書く気持ちを持って、友達や青空や日々の暮らしを眺めてみて下さい。必ず、その先が始まります。

説明をしてしまわないことも、詩にとっては大切なことです。想像は自由だからこそ楽しいものです。詩を書く時にまず、読んでくれる誰かにその楽しさをプレゼントしようと思ってみたらどうでしょうか。そうすると自然に新しい〈　　　〉が、増えていきます。

詩とは何か。詩を読む人はいつも詩を書く誰かに、「詩とは何か」を考え続ける心を求めています。そのような大きなものと向き合う姿勢が、紛れのない時間の鏡をあなたに与えてくれるのです。茨城県の大洗の砂浜で赤い肌を焼きながら金色の虎になることと、あまり似ていません。

問1　次の語句の意味を、そらぞらしく答えなさい。
　①「行為」　②「青空」　③「次の語句の意味」

問3　想像の自由を、ほら、不自由にしなさい、ホラホラ。

問4　問2はどこに在りますか。

問5　空欄に「水平線」という言葉をあてはめなさい。貴様は間違っている。

無花果の戦火に

あなたの心の中には誰もいない可哀想な公園が広がっている。
そこに手負いの狼がやって来たり、親のいない十姉妹がやって来たり。
無人の公園では足跡だけが、本当だ。これは大きな鹿のものかもしれない。
これは生まれなかった小さな猿だ。間違いない。これは大鷲だ。
あなたの悲しみは朝早く自転車に乗って秋の弱点までやって来て、難しい話をいろいろし終えて、急に帰ってしまった。

木の影には昔から良く知っているあなたの惨めな日々がある。だけどこの無人の公園には、誰も居ない。

相変わらず天使は空の奴隷になって雲におべっかを使い、風に濁点を施しているのかな。無人の公園では毎日。

残酷な殺戮の予告が絶えない、ある時は。焼かれた米飯の塊、ある時は、鳥類の大腿筋、ある時は、秋の茄子が、味わい、噛み砕かれている。

季節外れの茗荷はまた殺された、「アガラッシャイ」。

無人の公園では、小さな生き死にが絶えない、古い蟻が。

巣から這い出て胡麻塩になって、新しい蟻が人生を与えられて、列を成して。

次から次へと、河馬の親戚を運んでくる、地下には女王蟻の後悔ばかりだ。

無人の公園では全ての草はカールする、そこにバスケットボールが
転がってくる、パスされる、ドリブルされる、バウンドに失敗する、ロング
シュートが決まる、無印の世界になる。純白の羽根は水たまりで汚れながら
あの日の

蟋蟀の飛んだ空を裏切る。

無人の公園では一垂れの雨粒が落ちてくる、途端にはるか彼方の大河は黄色くな
る、黄河で靴を片方だけ無くしてしまった、もう片方は死んだ。

無人の公園では、鳥の影が嘘をつく。石が死ぬ。馬の夢が真緑色になる。紅葉が
紅葉に魂を売って、黄色に燃えさかる銀杏が大笑いする。

あなたは生まれなかった猿と鬼ごっこしている、あなたは猿を
抱きしめることができるのだけれど、つかまえない。

つかまえたっていい、だけれど、つかまえない。あなたを追いかけてくる
小さな十月の猿がいるが、あなたはそしてつかまらない。

振り返るとあなたの人生は何だったのか、誰もいない、猿がベロを出している。
誰もいない公園だけがあり、夜が明ける、そして午前十時に近い。

やがて日曜日を楽しむたくさんの無人が集まってくる、秋の陽差し。
その群衆のただなかに、あなただけがいない、公園には公園があった。

もはやあなたの心の中には、無数の無人が集まってきている。
たくさんの人たちの笑顔、談笑、愛語。

雲が赤く輝いて、お父さんやお母さんの
静かな笑い声が、こだまする。ぶらんこに、順番に並んでいる
無人の子どもたち。

滑り台は、幸せの力をあびて、なめらかだ。

水道の蛇口は。
誰かが閉め忘れたんだね、夢の時間が、出しっぱなし。その先に砂場。
休日を楽しむたくさんの無人たち。所狭し。

秋に陵辱されている誰もいない公園に
あなたはいない。

砂浜

記憶を失った消防士が　印鑑証明書を破り捨てて波打ち際で
家族に手紙を書いている　午後になれば波だけは高くなる

父と母に宛てる　丁寧に文字をつづっているのだが
記憶が途切れている「いまはご健在ですか」何処へお住まいですか？

次に妻へと　しだいに文字の使い方も不分明　必死になって
愛の言葉を探してみる「言葉」が分からない「愛」だけが残る

子どもたちへと　もはや何も書けない　くしゃくしゃになった便せんに話しかけ
抱きしめて　この世に生まれた時の喜びを　思い出そうと努力する

しかしこの記憶も定かではない　俺　誰だったか

祖父と祖母へと　手紙を書きたい　しかしこの時に鮮明に
正解のようなものが過ぎった　俺は誰かの祖父だ　あるいは祖母だったのかも

季節と時刻が頭の後ろで不可解に
真黒い煙をあげてみせるから

さらに便箋をめくると白紙

この青年の記憶にはホチキスの跡だけが残っている

とても遠い浜辺で　一台の大型車が横倒れに
なっていた　炎が車のあちこちから
吹き出して　業火が包みだしたが

誰もいない

なまなかではない港町の終わりの
火の見やぐらで
独り
吊り鐘を打ち鳴らして
叫んでいるこの男「嗚呼」
消防車が燃えている

全然！

頬

——四川大地震に

眠る子のほっぺたを
こっそりとなぞってみた
きみの通わない小学校の
下敷きになって
たくさんの頬が消えてしまった
こんなことってあるのか
比喩が死んでしまった
無数の父はそれでも

暗喩を生き抜くしかないのか
厳しい頬で歩き出して

黄金少年　ゴールデン・ボーイ

著　者　和合亮一
装　幀　中島　浩
発行者　小田久郎
発行所　株式会社思潮社
一六二－〇八四二　東京都新宿区市谷砂土原町三－一五
電　話　〇三－三二六七－八一五三（営業）八一四一（編集）
ＦＡＸ　〇三－三二六七－八一四二
印　刷　三報社印刷株式会社
発行日　二〇〇九年十月二十五日